Carol Roth

¿Quién me arropará esta noche?

ILUSTRACIONES DE
Valeri Gorbachev

Traducción de José María Obregón y Queta Fernandez

A CHESHIRE STUDIO BOOK

Ediciones NorteSur

New York

Para Mark, con amor
C.R.

Para mis nietos
V.G.

First Spanish edition published in the United States and Canada in 2007 by
Ediciones Norte-Sur, an imprint of NordSüd Verlag AG, Zürich, Switzerland.
Distributed in the United States by North-South Books Inc., New York.

Library of Congress Cataloging-in-Publication Data is available.

ISBN-13: 978-0-7358-2107-1 / ISBN-10: 0-7358-2107-0 (Spanish paperback edition)
10 9 8 7 6 5 4 3 2 1
ISBN-13: 978-0-7358-2108-8 / ISBN-10: 0-7358-2108-9 (Spanish library edition)
10 9 8 7 6 5 4 3 2 1

Printed in Belgium

El sol comenzaba a esconderse en la granja
y Woolly, el pequeño cordero, tenía sueño.

Pero Woolly no podía encontrar a su mamá.
—¡Ay! ¿Quién me arropará esta noche a mí?
—se preguntó tristemente.

La señora Vaca dijo:
—Yo lo haré, yo lo haré.
No te preocupes, sé hacerlo
en un dos por tres.
Todo saldrá bien, espera
un momentito.
Vas a quedar cómodo y
bien apretadito.

Entonces, la señora Vaca tendió la manta y arropó
a Woolly tan fuertemente, que el corderito no se
podía mover.

—¡ESPERA! —dijo Woolly—. ¡No está bien así!
¡Ay! ¿Quién me arropará esta noche a mí?

Dijo la señora Gata:
—¡Esa es la pura verdad!
Yo puedo arroparte con gran facilidad.
Y creo que sé lo que te sucede a ti.
Necesitas muchos besos a la hora
de dormir.

Entonces, la señora Gata comenzó a lamerle toda
la cara a Woolly con su pequeña lengua.

—¡Puaj! —protestó Woolly—. ¡No está bien así!
¡Ay! ¿Quién me arropará esta noche a mí?

La señora Yegua dijo:
—Vamos, aquí estoy yo.
Puedo hacer bien el trabajo, ¿quién ha dicho que no?
Cómodo y arropado pronto vas a estar.
Y un abrazo grandísimo te voy a dar.

Entonces, la señora Yegua se sentó en la cama de Woolly, lo rodeó con sus grandes brazos y lo apretó con todas sus fuerzas.

—¡Auxilio! —gritó Woolly—. ¡No está bien así! ¡Ay! ¿Quién me arropará esta noche a mí?

—No existe tarea fácil o difícil para mí
—dijo la señora Cerdita—. ¡Claro que sí!
No te muevas, corderito, rápido he de volver.
Creo que necesitas algo bueno de comer.

Entonces, la señora Cerdita le trajo a Woolly un cubo lleno de golosinas para cerditos, rarísimas y apestosas.

—¡No, no! —gritó Woolly—. ¡No está bien así! ¡Ay! ¿Quién me arropará esta noche a mí?

—No te preocupes.
¡Tienes suerte, corderito!
—dijo la señora Pata—.
Te ayudo rapidito.
No te inquietes, no tienes
por qué llorar.
Con una canción de cuna te voy
a arrullar.

Entonces, la señora Pata comenzó a cantar:
—*Cuac, cuac, cuac… cuac, cuac, cuac.*
Pero a Woolly aquello no le sonaba como
una canción de cuna.

—¡Basta! —dijo Woolly—. ¡No está bien así!
¿Podrá *alguien* arroparme esta noche a mí?

—¡Yo puedo hacerlo!
—dijo la mamá Cordero—.
Ya estoy aquí.

—¡Regresaste! —exclamó Woolly.

—Sí, mi pequeño corderito. Perdóname por
llegar tarde.

Mamá Cordero arropó a Woolly como le había enseñado.
Perfectamente: ni muy suelto, ni muy apretado.

Le dio besos y abrazos una y otra vez,
y también algo perfecto de comer.

Le cantó canciones de cuna muy, pero muy bajito.

Hasta que cerró los ojos Woolly, el corderito.